청어詩人選 483

난아 김선옥 시집

길을 연다

너를 닮는 가게 모습은
가을을 닮아간다.

2024. 10. 07
서니 017

청어

첫 장을 열면서

거미줄조차 걷어내지 못하고
네모난 틀에 갇혀 서성이던 발걸음
틈새로 새어 나오는 한 줄기 빛을
손 내밀어 잡고 길을 연다
나뭇가지마다 매달려 있는
생각 주머니들을 톡톡 건드려본다
바람에 길을 물어 걷다 보니
세월만큼 늘어난 잡다한 삶의 조각들을
하나씩 떼어 여기에 담는다

2025. 5 보고픈 날에
난아 김선옥

차례

2 난아 꽃비를 맞으며

3 난아 발걸음이 만드는 긴 그림자

4 난아   창에 비추어진 얼굴

5 난아 골목을 돌아나가면

1 난아

빛을 갈망한다

바람에도 끄떡없고
물에도 희석되지 않는 농도
마음속 울림이 질척하다

빛으로 그리는 낙서

흑과 백의 사이엔 연결 고리가 있다
수많은 빛과 그림자가 결을 따라 긋는 선
변함없는 회색
밝지도 어둡지도 않다
가끔 갈라진 틈으로 쏟아 들어오는 빛살이
그림자 하나 남기지 못하고
소리 없이 잠식된다
여기도 저기도 아닌 무표정하게 머무는 낙서
바람에도 끄떡없고
물에도 희석되지 않는 농도
마음속 울림이 질척하다

아침이 잠을 깨우고
손가락을 내세워 빛을 갈망하는 낙서
세웠다가 쓰러트리고 손을 털면 가벼워
또 다른 낙서로 움켜쥘 수 있는 날
다 얻은 느낌으로 부자가 되는 건
낙서 잘하기
어쩌면 그런 거 아닐까

그리움은 멈추지 않는다

눈꼬리에 매달린 그리움을
메마른 손등으로 훔쳐도
고장 난 수도꼭지처럼
멈추지 않는다

흐르는 강물에
나뭇잎 띄워 소식 전해볼까
고향으로 향하는 바람에
가슴속 움켜쥔 그리움 전해볼까

이러지도 저러지도 못하는 마음

바람에 실려 나부끼는 그리움은
어머니의 품에 한 아름 안긴
구절초 향이 배어난다

거미줄에 걸린 새벽

어슴푸레 가로등 불빛 사이로
새벽이 문을 흔든다
시곗바늘은
어제와 같은 자리를 맴돌고
내려앉은 안개가 손등에 입을 맞춘다

오소소 떨어지는 숨결이
발밑으로 기어들어 오고
한 발 떼어 옮긴 순간
거미의 고된 수고가 얼굴에 내려앉았다
실눈을 뜨고 가닥가닥 걷어내니
살갗에 소름이 돋는다
집으로 돌아가지 못한 달빛이
숨죽인다

아침마다 나는

거울에 비친 모습에
아무렇지 않게 눈을 맞춘다

늘어진 어깨를 흐느적거리며
삶에 무거운 추를 매달고
운동화 속으로 발을 구겨 넣는다

고되고 벅찬 하루에
뾰족이 솟는 무뎌진 감정을
가슴 깊은 기둥에 동여매고
시간을 조금씩 죽이고 있다

아침마다 나는
거울 앞에서 하얀 가면을 쓰고
빨간 미소를 짓는다

아침이 오는 소리

밤의 식지 않은 열기와
매미의 떼창이 고막을 뒤흔들며
아침을 깨운다

바람에 일어나는 아침
빛이 뜨겁다
눈을 감았다 떴다 반복하며
조금만 더 조금만 더
이불과 씨름을 한다

산 너머 끓어오르는 햇살도
쉬엄쉬엄 움직이라고
이불을 덮어 재우고 싶다

기억이 저물어 간다

부엌 어딘가에서 칙칙칙
코끝을 간지럽히는 향이
아침을 깨운다

삐그덕거리는 온몸을 비틀어 기지개를 켜고
바람의 선율에 따라
춤추는 꽃들과도 눈인사를 나누다가 갑자기
어라?
팽팽한 기타 줄이 통 끊어지듯
기억의 회로에 경고등이 켜졌다
머리에서 맴돌던 그 이름이
까맣게 지워졌다

여보 이 나무 이름이 뭐지?
꽃나무라는 대답에 아침을 함께 웃었다
기억이 벌써 저물어간다

길을 찾는 나이

반달처럼 굽어진 몸을 끌고
툇마루에 걸터앉아
물을 만 찬밥에 김치 한 조각이
익숙한 나이

사랑이란 감정 한 조각 떼어낸
검게 그을린 얼굴
삽짝문처럼 삐그덕 대는 치아를
들킬까 입술 감쳐물고
손바닥에 박힌 굳은살은
고칠 수 없는 고된 흔적

삶에 익숙해지도록 젊어진
나이의 무게를 저울로 잰다면
값은 얼마일까

간극

걱정이 지나쳐 화로 변하면서
온기 없는 말 한마디가
파편으로 날아와
가슴에 콕 박힌다

상대방의 뜻을 삐딱하게
받아들이는 시선
불꽃 튀는 언쟁
감정의 선을 긋고 벽을 세운다

시간은 흘러가고
숙제 풀 듯 풀고 풀어내면서
날 선 감정은 선을 지우며
서로에게 눈을 맞춘다

갑옷을 벗으며

어둠에 잠식되는 시간이다
바구니에 모양 없이 쌓여있는 갑옷들이
각자의 고단함을 말하듯 뒤엉켜 있다

오늘도 욕망덩어리를 품고
질주했을 이들에게
걱정과 위로를 하고
내일이라는 희망 한 스푼을
잊지 않았다

돌림 노래처럼 돌아가던 삶에 무게가
다시 제자리로 돌아올 때 아무 일도 없듯
갑옷들은 빛나는 내일의 향기를 입는다

거꾸로 누워

아침 햇살이
하늘 솥단지에 불을 지펴
김이 모락모락 난다
몽글몽글 끓는 순두부
한 숟갈 떼어서 입에 넣으니
솜사탕 맛이다

네모난 창에 비친 구름이
솜이불처럼 포근하다
아침이 길었으면 좋겠다

그것들의 생각

엉덩이를 붙이고 앉아
고단한 하루를 너에게 하소연하며
숨 고르기를 한다
어떤 몸짓을 해도 조용하더니
제법 힘에 부쳤는지
삐그덕 울음소리를 낸다

저녁 빛으로 물든 한 귀퉁이에
묵묵히 자리를 지키고 있어
무슨 생각을 하고 있는지
한 번도 묻지 않았다
괜찮냐고

삶의 무게를 나눠 안으며
편안한 휴식처가 되어주는
너에게
한 번도 말하지 않았다
고맙다고

그냥 그런 날

지나가는 바람처럼
무심코 내뱉은 한마디가
탱자나무 가시 되어 손끝에 콕 박힌다

뜨거운 한숨으로 달래봐도
숨 쉴 때마다
종잇장처럼 굳어진 마음은
더 꼬깃꼬깃해진다

덩그러니 누워있다 발견한
소파 밑 아이를 따라가지 못한 장난감
아이의 함박웃음이 묻어난다
그만 피식하고 눈물과 함께 웃음이 나
구겨진 마음이 몽글몽글해진다

그림자

걸음 멈춘 자리에 서성이는
또 다른 발걸음 소리 없이
따라온다
허락도 없이
멈추면 더 가지도 못하면서
길고 짧고 크고 작은 모습으로
주위를 맴돈다
머물 곳 없고
돌아갈 곳 없이
여전히 삶의 반쪽으로
더불어 사는 그림자

해가 집으로 돌아가면
달빛 아래서
너는 어디에 머물까

건망증

뒤돌아서는 순간
프레임 속에 정지된 화면처럼
기억 속 장면은 쥐어짜도 제자리
두 손에 생각을 묻는다

조급해진 발걸음이 휘청이고
밤새 아침을 기다린다
물건을 내어주고
세월도 비껴가지 못한 채
찾아온 것은 건망증

입 밖으로 나오는 짙은 숨이
걱정인지
안도인지
그래도 괜찮다고
가슴을 토닥인다

고통의 온도

손끝의 거스러미에도
눈살을 찡그리는 것과
논바닥처럼 갈라진 손으로
버석거리는 몸을 안는 것과는
고통의 온도는 다르지만
덧댄 시간 속에 아픔의 소리를 참아낸다

쉼 없이 품을 내주고도
이 모양 저 모양으로 아무렇지 않은 듯
세월의 칼부림에 재단된 무게를 감내하며
움츠러든 모습에 닿는 손길이 버겁다

다 내어주고도 모자라
오늘도 고통의 항아리를 열고 손을 넣는다
따스한 햇볕 한 줌 붙잡고
오지 않는 발길을 기다리며
서성이는 또 그 자리다

궁금함과 미안함

차가운 아스팔트 위로
백색소음이 도란도란 내리는 시간

먹이를 찾아 들판을 가로지르는 산짐승이
얼어붙은 배고픔을 찾아
머리를 눈 속에 처박고 뒤적이다가
풍경소리에
뒤돌아보지 않고 달음박질한다
배는 채우고 떠난 걸까
궁금했던 마음 미안해지게

잠시 서성이다가 내딛는 발걸음이
빠르게 아침을 향하고
손님처럼 왔다 가는 바람이
검은 발자국을 하얗게 덮으면서
낡은 비닐하우스가 찬바람에 기침한다

구시렁구시렁

햇살이 아스팔트를 구워삶아
들끓는 열기에 숨이 턱 막히고
식을 줄 모르는 물줄기가
이마에 흐른다

땡볕에서 좋고 싫음도 없는 허수아비는
참새에게 어깨를 내어주고
바람의 속삭임에 귀 기울이며
두 팔을 벌려 바람을 맞으면서도
그저 한 곳만 바라본다

더우면 덥다고 구시렁구시렁
비가 오면 젖는다고 구시렁구시렁
속없이 웃어주고 뒤로 호박씨 까는
세상에 맞서지 않고
외발로 지탱한다

낯선 만남

찬 서리 내려앉은 처마 끝에
발그레한 햇살 한 줌
볼이 터지도록 하얀 입김을 뿜으며
마당을 서성인다

여린 소녀의 모습으로
길목을 지키는 코스모스
아직 낯선 계절에
바람 따라 머리를 흔들며
피지 못한 꽃망울을 하나둘 센다

바람이 전해주는 소식에
귀 기울이고
익숙한 향이 밀려오면
여린 손을 힘껏 뻗어
낯선 계절을 잡는다

남겨진 것들의 생각

너를 처음 만날 날
잘 짜인 각본처럼
제법 폼나게 묵직하였는데
시리도록 얇어진 몸이
문틈 새로 들어오는 바람에
줏대 없이 팔랑거린다

홀로 설 수 없어
오직 벽 하나에 몸을 의지한 채
시계 초침 소리가 깊어질 때마다
화려했던 날의 옷을
미련 없이 버리고 주저 없이 벗으며
너는 무슨 생각을 했을까

차가운 콘크리트 벽에 몸을 낮추고
가만히 귀 기울여
그들의 속삭임을 듣는다

2 난아

꽃비를 맞으며

봄은 보고 싶은 연인처럼
설렘으로 몸을 시리게 한다
감정을 풀어 허공에 낙서를 한다

봄은 1

봄은
이름과 어울리는 빛깔을 입고
소리 없이 가슴에 날아든다

봄은
꽃비를 맞으며 보고 싶은 연인처럼
설렘으로 몸을 시리게 한다

봄은
감정을 풀어 자기만의 색으로
허공에 낙서를 한다

봄은 2

고소한 팝콘처럼 팡팡 터지는
벚꽃으로
아장아장 병아리 같은
민들레로
발그레한 새색시 볼 같은
복숭아 꽃으로
화려함에 눈이 커지는
영산홍으로
하얀 숨 턱 두르고 허리 숙인
할미꽃으로
옹기종기 엎드려 얼굴 내민
패랭이꽃으로
하늘을 보며 말간 얼굴로
하얗게 웃고 있는 배꽃처럼
봄인가보다

봄을 덧입힌다

바람이 부르는 손짓에
봄 마중 나온 발길이 분주해지고
웅천의 굽이치는 물줄기가
세월만큼 깊다

햇살의 뜨거움에 목마르고
몰아치는 비바람에 숨죽이며
어떤 시선도 아랑곳하지 않고
붙박이처럼 서 있는 시화비들
빛나던 순간이 언제였을까

꽃인 양 자리 잡은 버섯을 떼어내고
먼지를 털어내
지난 시간보다 더 단단하게
마주 보고 환한 웃음을 주도록
붓을 들고 봄을 덧입힌다

봄이 오나보다

박자 없는 비의 두드림에
땅이 울린다
아기 손가락처럼 여린 싹들이
덤불을 걷어내 고개를 들고
뿌리 깊은 나뭇가지마다
숨을 쉰다

계절은 아픔을 딛고 더 단단해져
성숙함을 물씬 풍기며
편견을 깨고 그저 그렇게
보이지 않는 선을 넘나든다

아무도 가르쳐주지 않아도
눈을 감았다 뜬 것처럼
가볍게 봄은 다가온다

텃밭으로 찾아온 봄

겨우내
웅크린 척박한 땅이
단비에 기지개를 켠다
영양을 뿌리며 밭을 가는 소리에
냥이가 얼굴을 닦는다

밭이랑이 속살 드러내 옷을 갈아입고
봄바람에 나부끼는 옷자락을 다독인다
고된 농부의 수고가 송이송이 맺힌다
밭고랑 사이로 신이 나 뛰는 냥이가
이놈! 호령에 달음박질치고
햇살이 늘어져 붉은빛을 낸다

무엇을 심을까
농부의 흐뭇한 미소에
봄이 성큼성큼 다가온다

3월의 어느 길목에서

봄을 기다린다
줏대 없는 바람은
고집인지 미련인지
돌아선 뒷모습을 놓지 못하고
온 세상이 하얗게 물들도록
목 놓아 울어댄다

따사로운 햇살이 문을 두드리고
창밖으로 살며시 내민 머리에
하얗게 서리가 내려
시리도록 몸살을 앓고
뒷걸음치는 봄이 아른거린다

긴 겨울잠의 터널을 지나
푸른 신호등이 켜지면
바람이 내어주는 손을 잡고
아장아장 봄이 걸어온다

수지맞은 봄

웃음을 팝콘처럼 터트리며
내딛는 발걸음
잘라내도 다시 자라나는 손톱처럼
바쁘다는 핑계로 외면했던
삶의 응어리를
언어로 얼기설기 엮은 시심이
나뭇가지마다 알알이 맺혀
그네를 탄다

겨울과 봄 사이
시작이란 설렘은
움튼 새싹이 다칠까 봐
발끝으로 총총 숨을 쉰다
바람에 나부끼는 단발머리가
살랑살랑 봄을 부른다

봄이 끓는다

정신없이 흔들어 대는 바람에
꽃잎의 속삭임이 커지고
쪼그려 앉은 등 뒤로
무채색 도화지에 물감 뿌리듯
봄이 일렁인다

분주한 농부들의 손놀림으로
텃밭 이랑이 옷을 갈아입고
봄을 캐는 아낙네의 손끝에도
맛있는 향이 물씬 풍긴다

오늘 저녁은 봄을 끓여야겠다

숲을 걷는다

크고 작은 웅성거림이
발자국을 따라 소리를 내면
등산화가 춤을 추고
땅은 움찔한다

돌계단 사이 낙엽이
꼬챙이에 콕콕 찔려
비명을 지르고
숲의 고요함과 뒤엉킨다

바닥을 두드리는 빗줄기에
모든 움직임이 멈추고
숲은 안도하듯
숨을 내쉰다

걷다가 만난 가을

흐드러지게 핀 꽃이
바람과 마주하며 향내가 번진다

논둑과 맞닿은 길을 걷는다
발걸음 소리 따라
벼 이삭의 웃음소리에
가슴이 일렁인다

뜨겁게 달구던 햇살
눈 부시도록 빛을 내지만
더 이상 열기는 없다

차례를 기다리던 세월이
나뭇가지에 매달려
소리 없이 가을을 태운다

가을향

빗방울 속에 갇혀
구르고 매달리는 가을이
소리 없이 영글어 가고
가을비 냄새에
코끝이 간질거린다

두드리고
매만지고
이 모양 저 모양으로
쓰다듬어 품은 열매들은
당신을 닮은 향이 난다

가을빛이 바람을 타고
당신의 시가 되고
열매가 되어
숨을 멈추고
찰칵
어느 날 프레임 속으로 날아든다

겨울도 아닌 그 아침

그 밤
서럽게 울어대던 바람 때문에
밤새 몸살을 앓았다

뜨거운 햇살도 잘 견디고
나비들의 화려한 춤사위도
아랑곳하지 않더니
몸서리치게 차가운 바람은
서로 부둥켜안고도
흔들렸나 보다

겨울도 아닌 그 아침
고랑 위로 싸락눈이 내렸다
바람 사이로 들깨 향이
코끝을 스친다

당신의 계절은 가을입니다

땅속 깊이 시의 씨앗을 품고
움츠렸던 어깨에 토닥토닥
햇살처럼 녹아내린
당신은 봄입니다

하늘의 울림과
바람이 숨을 고르는 순간까지
모진 고통 견디고
작은 뜨락에
꽃으로 혹은 나무로
뜨거운 햇볕에 그늘 같은
당신은 여름입니다

적당히 부는 바람이
마법 가루를 뿌려
오가는 수많은 계절 속에
간구와 기도로
시심의 풍성한 열매를 맺은
당신의 계절은 가을입니다

등걸에 또 다른 직립을 꿈꾸며
시의 씨앗을 움트게 하는 사계 중
당신이 머무는 곳은 가을입니다

나무는 휴식 중

바사삭바사삭
발 아래 낙엽 밟히는 소리가
아이의 입속에서
맛있게 부서지는 과자처럼 고소하다

붉게 타오르던 햇살의 열기가 식어
세월의 흔적을 휘감은 고통의 무게를
몸에서 하나씩 떼어내고
찬 서리 이불로 하얗게 덮어
왔던 그곳으로 돌아가는 사이
거울 속 빗질하던 손가락 사이로
빠져나가는 머리카락에도
서리가 하얗게 내려앉았다

살갗이 버석거리고
머릿결이 윤기를 잃어
잠시 지친 몸을 바람에 맡긴 채
눈을 감고 흔들린다
얼떨결에 등 떠밀린 봄이
다시 찾아오기를 기다리며

나뭇가지 사이로

겨울을 등지고 있는
나뭇가지 사이사이로
햇살이 쏟아져 내리는 지금은
어느 계절에 머무는 걸까

차가움에 끝을 지나
따스함에 손 내미는 지금
어디쯤 걷고 있는 걸까

아직 시작되지 않은 봄을 재촉하듯
나뭇가지 사이사이로 바람이 분다
스스스 바람에 몸을 태우고
조금은 수줍은 듯
햇살 따라 고개 숙이고
바람 따라 가벼이 몸을 흔든다
아지랑이 일 듯 봄이 일렁인다

낙화

얇은 옷이 햇살에 흰히 속살을 보이고
나팔처럼 늘어진 웅덩이로
벌들이 분탕질한다

바람은 쉼 없이 사랑을 속삭이고
향에 취해 팔랑거리는 날갯짓으로
다소곳이 소화 아씨 몸을 흔든다

머리로 쏟아지는 뜨거움에
땅바닥으로 곤두박질쳐
어여쁨은 사라지고
벌들의 외면 속에
힘없이 흩어진다

너도 꽃이다

담쟁이도 아닌 것이
거침없이 울타리를 휘감아 돌고
햇살의 부름에 대답하듯
커다란 우산을 이고 지고
불쑥불쑥 얼굴을 내민다

금빛 왕관을 쓰고
너풀너풀 춤을 추며
달콤하게 유혹한다
호기심을 채우기 위해
벌들은 꽃샘에 발을 담근다

가시 돋친 장미꽃보다
별처럼 빛나는 호박꽃의 웃음

너로 인해

계절과 계절이
보이지 않는 선을 긋고
스스럼없이 넘나든다

바람의 손짓 하나에
몸을 흔들고
아람 진 밤송이
앓는 소리가 새어 나온다

뜨겁게 몸서리치던 계절을
잘 견뎌줘서 성숙해진
가을이 영글어 빛이 난다

노을을 훔치다

얼굴 붉힌 노을이
더운 숨을 다독인다

살갗이 붉고 붉다
구름 사이로 넘어가는
한 줌 햇볕이 뜨겁다

노을 짙은 조각구름 사이로
숨바꼭질하는 토끼
길 잃을까
달 속에서
밤을 마중 나왔나 보다

3 난아

발걸음이 만드는
긴 그림자

오늘의 고단함을 잊은 채
바람에 등 떠밀려 걷는 박자가
소리를 낸다

동행

즐비하게 늘어져 있는 불빛 사이로
두 발걸음이 긴 그림자를 만든다
오늘의 고단함을 잊은 채
바람에 등 떠밀려 걷는 박자가
소리를 낸다
뚜벅뚜벅
타박타박
주머니 속 먼지를 털어내듯 툭툭
발끝에 채는 돌멩이에
소소한 하루가 넋두리하고
묻지 않아도 다 안다는 듯
갈대도 바스락거리며 제 몸을 흔든다

물속에 잠긴 달빛마저 고요하다
돌아오는 길목 바람은 여전히 차갑지만
발걸음 소리 가볍고
마주 잡은 손끝은 따스하다
펄럭이는 옷깃에서
밤의 바람 냄새가 묻어난다

그네

삐그덕삐그덕
바람의 선율에 몸을 맡기고
구석에서 홀로 힘없이 울더니
봄이 솟아오르는 소리에 깜짝 놀라
몸단장을 마치고 발걸음을 재촉한다

마주 보고 흔들리는 전깃줄 위로
옹기종기 앉은 참새들이
오선지에 그려진 음표처럼
이리저리 쉼 없이 자리를 이동하며
그들만의 몸짓으로 봄을 노래한다

바람에 실려 온 봄빛 향이
그네를 탄다
새색시의 치맛자락처럼 나풀나풀
그네는 여전히 울음소리를 낸다

늙은 오이

어깨가 바닥에 닿을 듯한 퇴근길
텃밭에 매달린 늙은 오이와
눈이 마주쳤다
뜨거움에 몸이 녹아내린 듯
대롱대롱 매달려 손짓한다

두어 개 따서 품에 안았다
긴 기다림에 지쳐 데인 듯
몸이 후끈하다

오이가 아삭거리며
저녁을 맛있게 버무린다

담장 아래서

무뚝뚝한 담장의 색 없는 침묵 아래
계절이 어디쯤 왔는지 아는 걸까
꽃송이 뽀송뽀송 솜이불 걷어내고
연보랏빛 화장을 하고 얼굴 내민다

속살거리는 햇살의 간지럼에
기지개 켜는 꽃잎이 바람에게 묻는다
지금 눈떠도 되는지
도리질하는 바람을 향해
햇살이 입술에 손가락을 댄다

개구리가 들려주는 알람에 맞춰
봄이 오길 기다리는 담장 아래
홀로 눈뜬 팬지가
멀어져가는 햇살에
다시 눈을 감는다

당근

오후 햇살에 등이 따갑고
바람은 코를 간지럽힌다
일면식도 모르는 이와 대화하고
바쁜 발걸음은
오늘도 빌딩 숲 어딘가를 기웃거린다

새것은 아니지만 손주 녀석들을 위해
나눔 받은 장난감을 이리저리 둘러보고
입꼬리가 올라간다
하나라도 더 주고 싶은
할미 맘을 알려나

발품 팔아 얻었으니
공짜는 아닌 거다

당연한 것은 없다

온기 없는 햇살 몇 줄기가
시린 발끝으로 떨어지고
칼날 숨긴 파도는
바람이 불어 몸이 흔들리는 거라며
바위를 덮친다

거센 파도는 시끄럽게 울면서
감정의 경계선을 넘나들며
모래알과 줄다리기를 한다
밀고 당기는 동안
살아남는 건
가시 돋친 찬바람도 성난 파도도 아닌
포말이었다

스스로 몸을 낮춘다고
삶의 무게가 달라지는 것은 아니다
대가 없는 배려에 익숙해졌을 뿐
당연한 것은 없다

두 얼굴

구름이 머리를 풀어 헤치고
사흘 굶은 시어머니처럼 돌아앉았다
시누이가 얄미운 바람으로 화를 부추긴다

햇살을 품에 안으니
울그락불그락
빛줄기처럼 울분을 토해
말간 얼굴을 내민다

서운함이 녹아내린 마음에
미안함이 담겨
저편 무지개로 떠오른다

듣고 싶지 않은 대답

이것 아니면 저것
둘 중 하나 고르는데
맘대로 해
알아서 해
아무거나
듣고 싶지 않은 대답이
귓속을 파고든다
속에서 검은 연기가 피어오르고
손등은 벌써 이마 위를 덮는다

차라리 묻지 말 걸
묻고 후회한다
애꿎은 리모컨으로
TV 채널만 이리저리 돌린다

멍

처음부터 검은 것은 아니었다
꽃피는 좋은 날도
알알이 열매 맺는 벅찬 날도 있었다
햇살이 좋아 가슴으로 안았고
바람의 울음소리에 몸이 흔들렸다

어느새 시간이 흐르고 쌓여
뜨거운 햇볕이 주는 고통과
비바람이 주는 시련을 견디지 못해
삶의 가지에 엉성하게 매달려
서서히 검붉게 멍이 들었다

가끔 날아드는 새나 벌들에게
보여주고 싶지 않은 치부를 감추려
멍든 가슴에 결계를 치듯
하얀 분으로 온몸을 휘감는다

바람이 전하는 말

바람의 선율에
망초꽃이 물결치듯 춤을 춘다

바람은
꽃잎 떨어진 나무를 위로하듯
보드랍게 흔들고
작은 물줄기는 소리 내며
지친 두 어깨로 스민다

산책길 바람이
머리카락을 쓸어 올리고
바람이 전하는 말에 귀 기울인다
오늘도 수고했어

반갑지 않은 손님

이불 밖으로 나와 있는 발이 서럽다
목에서 터져 나오는 열감은
온몸을 새우등처럼 움츠리게 하고
동백꽃처럼 얼굴을
타들어 가게 한다
잠은 멀리 달아나 하얗게 지새우고
물먹은 솜처럼 무거운 시선은
소리 없는 시계 초침만 노려본다
반갑지 않은 손님이 찾아와
뒤엉킨 실타래처럼
하루를 뒤흔든다
감기란 놈은 참
친구 하고 싶지 않다

밤의 열병

어둠의 실타래에 감겨 내리는 빗줄기가
소리를 낸다
밤새 열병을 앓았나
문밖에 날아든 꽃잎 하나
기다림에 옹송그리며 잠들고
긴 밤 문 두드리는 울림이 아마도
빗소리는 아니었나 보다

한밤의 꿈처럼
봄빛 곱게 물든 꽃송이가
장독대 위로 하얀 눈처럼 흩뿌려져
발끝에 누워 있다
본능적으로 제 먹이를 빼앗길까
바삐 날갯짓하는 벌과
가지에 남아있는 삶이 애처롭다

밤의 지배자

바람을 만난 비가
세상을 뒤흔들고
밤을 호령한다

빗줄기에
꽃잎이 바닥에 눕고
숨죽여 움츠린 개구리가
꽃잎 속으로 몸을 숨긴다

바람에 날리는 꽃잎이
유리창에 내리고
어둠에 갇혀
밤의 지배자에게 몸을 낮춘다

개구리의 커다란 울음이
빗소리를 만나
바람에 날리는 백색소음
단발머리가 떠오른다

밤하늘

어둠이 짙어질수록
밤은 소리 없이 빛난다

가슴에 안긴 아이에게
바람이 불러주는 자장가
별빛이 쏟아져 내려
마주친 눈이 초롱초롱 빛난다

아마도 내일 밤은
침묵의 향이 가득 찬
칠흑 같은 어둠을 만날 것 같다

밭이랑의 위로

몸살 나도록 시간을 불태운 햇살이
검은 물결 출렁이는 밭이랑에
지친 몸을 기댄다

대공을 곧게 세운 옥수수가
파도를 가르는 돛단배처럼
바람을 타며 기우뚱 흔들리고
비상하던 참새가 잎새에 앉아
날갯짓으로 노를 젓는다

하늘 가장자리에 걸터앉아
빛을 쏟아내는 햇살이
오늘의 수고를 위로하듯
툭 던져 놓고 간 선물
밭이랑 위 윤슬이다

벌써, 아직

새해 새날 해돋이를 보며
소망한 게 엊그제 같은데
벌써 입춘
앙상한 겨울은 뽀얀 분을 바르고
기다림에 익숙한 홀로서기를 한다

새 건전지로 바꾼 시계는
어깨를 우쭐대고
세월을 입은 몸은
여기저기 삐그덕거린다
어제와 같은 오늘이 없듯이
봄이 오면 고장 난 몸에 새살이 돋을까

살갗을 찌르듯 움츠린 계절은
아직을 외치고
바람의 손짓은
눈을 감고 있는 봄을 흔든다

병막산 그녀

씨줄과 날줄로 엮인 삶의 무게를
한 줌 치마폭에 말아쥐고 걷는
발걸음 사이사이로 따스한 바람이 스며든다

풀에 맺힌 이슬이 아프고
꽃에 앉은 나비가 슬프고
그 무엇도 괜찮지 않은 날
나무에 기대어 가는 세월을 올려다보니
그늘진 곳은 몸이 아니라 마음이더라

칠흑 같은 어둠 속
대나무 숲에서 만난 어지러운 언어들은
삶을 지탱해 주는 가장 큰 기둥이 되어
말의 화살로 메아리처럼 되돌아와
오늘도 안녕한 그녀의 삶이 된다

불편한 침묵

운명의 수레바퀴는
오늘도 시간을 갉아먹고
바람이 몰고 나온 햇살은
낮은 포복을 하며
여기저기 기웃거린다

발밑에 나뒹구는 가을의 끝은
소리 없는 비명으로 아픔을 노래하고
화려했던 날은
바람이 어디론가 데려가고
묵직하게 내려앉은 텅 빈 들판에
새들만 종알거리며
불편한 침묵을 깬다

비의 속삭임

이따금 찾아오는 고독이
삶을 에워싸고
그리움은 비가 되어
소리 없이 창문을 적신다

빗줄기가 흘러 유리창을 덮고
흑백 사진처럼 희미해진 모습이
마치 우리의 흔적을 지운 것 같이
옷장 한켠에 고스란히 쌓여있는
너와의 추억이 낯설다

살아온 날보다 떠난 날이 더 길고
마주한 날보다 잊은 날이 더 많고
그곳이 너에게 익숙함을 주는 듯
환하게 웃던 모습이
손가락 사이로 빗줄기가 되어 사라진다
그리움이 비를 타고 내려와
웅덩이에서 속삭인다
아직도 그립다고

4 난아

창에 비추어진 얼굴

저녁노을이
바람에 실려 쏟아져 내린 부엌 창 안엔
갓 지어낸 밥 냄새가
행복한 미소로 코 끝에 머물고

부엌 창에 잠긴 노을

저녁노을이
바람에 실려 쏟아져 내린 부엌 창 안엔
갓 지어낸 밥 냄새가
행복한 미소로 코끝에 머물고
통통통
도마 위로 마술 부리는 손이 분주하다

창문 틈으로 비집고 들어온 바람에
얼굴이 시리다
지난가을
아직 거두어들이지 못한
허수아비의 옷깃이
바람에 흐느적거리며
노을빛에 젖는다

어둠 따라 서서히 잠드는 노을빛이
부엌 창에 비추어진 얼굴로 스며든다
분주한 부엌으로 고요히 잠긴다

빈집

비에 젖어 검게 물든 낡은 지붕은
온기 잃은 연탄 위로 눈물을 쏟고
주인 손길을 기다리는 빈 의자엔
언제부터인가 기다림만 쌓여 간다

마당을 가득 채웠던 호미질 소리는
딸내미 집으로 떠나고
집이 떠나가라 짓던 개도 사라지고
발 디딜 틈 없이 자리 잡은 망초꽃만
평안하게 물결을 친다

주인의 손때 묻은 지팡이가 뜨락에 누워
멈춰 선 시계 초침만 바라본다
열리지 않는 대문은
그저 무겁게 침묵한다

생명력

시멘트벽 틈 사이로
고개 내민 꽃송이
바람에 춤추고
햇살에 웃고
밤이면 별처럼 빛난다

선물

아무런 모양도 향도 없고
손으로 만질 수도 없는
작은 몸짓으로 느낄 수 있는
하루를 선물 받았다

이따금 달리는 자동차 바퀴 소리가 시끄럽고
창문 아래엔 제짝을 찾아 울어 재끼는
암고양이 소리가 낯설지 않으니
벌써 아침이 오려나 보다
밤새 길목을 지키며 졸고 있던 불빛이
제 할 일 다한 듯
하나 둘 잠들고 있다

머리맡에 울리는 알람 소리가 몸에 밴 듯
눈을 감고도 다리는 벌써 바닥을 딛고 있다
멋지게 포장된 선물이 아니어도
익숙함에 묻어나는 소소한 하루를
오늘이란 이름으로 선물 받았다

설레임 배달 중

계절이 시끄럽게 오고 가는 길목
문득 발 아래로
툭하고 굴러들어 온 봄

바람은 어제와 다른 얼굴로
봄을 마중 나오고
연분홍 너울 쓰고 고개 숙인 하늘은
허공을 가위질하며 내리는 꽃비로
봄 앓이를 하듯 온통 수줍다

보글보글 피어오르는 설렘이
비눗방울처럼 날아와
손바닥에 톡
봄을 쓴다

소소한 행복

먹는 것만 봐도 배부르다는
그 말
손에 쥐고 있는 것이
눈에 보여야
행복한 것은 아니다

스스로 몸을 태워
어둠을 서서히 집어삼키는
촛불처럼
채우고 싶을 땐 어김없이 비우고
다 내주어도 다시 채워지는
당신의 빈손 계산법

물질의 편견으로
잣대질하는 행복보다
당신의 시로 물들인
소소한 웃음이 좋다

감자가 익어가는 냄새만으로도
입꼬리가 하늘로 솟는
배부른 행복이 좋다

마당에 누운 세월

모퉁이 돌아 좁다란 골목길
추억이 묻어난 바람이 숨을 쉰다
눈만 마주쳐도 웃음이 나던 그 시절이
달음박질친다

울타리 안에서
행복과 불행이 키 재기 하는 사이
담장을 곡예 하는 호박넝쿨과
초가지붕에 매달린 박넝쿨이
아찔하게 세월을 내려다본다

그림자를 길게 늘여
부엌문을 두드리는 노을이
아궁이에 불을 지핀다
저녁을 익히는 가마솥의 긴 한숨
울컥 눈물이 난다

밥상머리에 뜨다 만 숟가락 내려놓고
흔들리는 세상을 등에 지고 눕는다
구름 속 별들이 숨바꼭질로
비를 부르려나 보다
시간이 마당에 눕는다

시는 숲이다

난초 같은 심안으로
아람 번 열매를 맺으라고
'난아'라는 귀한 시명을 선물 받았다
다른 시선에 묻혀 보이지 않아도
세상의 잣대에 맞추어 조금씩 성장한다

시를 쓴다는 건
읽는 이의 따뜻한 공감으로
어떤 이는 그리움의 아련함으로
누군가는 상처의 아픔으로
서로 입맛에 맞춰 다른 옷을 입듯
느낌이 다르다고 틀린 것은 아니다

아람 진 열매가 가득한 시는 숲이다
속마음을 풀어내는 대나무 숲이 아니라
아픔을 보듬어 주는 치유의 숲이 되고 싶다

손바닥으로 가린 하늘

잿빛 하늘이 숨을 고르는 사이
안개가 드리워진 아침
남겨진 것은 긴 한숨뿐

흐르고 넘쳐 휩쓸리며 남겨진
신발 한 짝의 고통이
손 뻗어 잡을 수 없는 허망으로
둥둥 떠다닌다

아직 끝나지 않은 비와의 전쟁에서
손바닥으로 하늘을 가려보지만
가려진 것은 하늘이 아니라
불러도 대답 없는 아픔이다

오늘을 넘긴다

한해가 시작되면서
제 집처럼 덩그러니 한쪽 벽을 차지하고
오가는 세월을 내려다본다

오늘을 넘긴 어제가
새롭게 다가온 오늘과 무엇이 다를까
내일이면 더 좋아지겠지
가끔 찢어진 낱장은
채반 위 부침개 받침이 되고
생일이 동그랗게 꽃이 되고
아이들 놀잇감이 된다

남겨진 달력은
오늘로 마주치기를 기다리며
초침만 세고 있는 벽시계와 눈을 맞춘다

아름다운 마침표

무심코 걷다 보니 어느새 여기
걸음을 멈추고 잠시 눈을 감는다

두 손엔 작은 알맹이들이 모여서
열을 맞추고 행을 가르며
어깨에 묻은 먼지를 털어내듯
당연하듯 문장들이 얽히고설킨다
구절마다 의미 있는 얼굴을 하고
서로를 마주 본다
바람이 들려주는 사연은
몇 쪽 어느 페이지를 구르고 있을까
그리운 고향의 노래는
몇 걸음 더 가야 향기가 날까

아직 덜자란 시심으로 용기를 내 찍은
아름다운 마침표
귀를 열면 길이 열린다

언어도 수선이 될까

말에도 깊이가 있고
아픔이 있다
아무렇지 않은 한마디로
마음이 아프면 고통이고
가슴이 시리면 상처다

언어 수선집에서
말로 입은 상처를 잘라내고 덧대어
뜨겁게 다림질하면
깊은 구덩이에서 건진
구겨진 상처가 회복될까

언어 세탁소에서
아픔과 상처가 되는 말을
세탁 망에 꼭꼭 가둬
마법의 가루를 뿌려
빙글빙글 돌리면
듣고 싶은 말을 들을 수 있을까

말 한마디에
천 냥 빚을 갚는다는 말은
누구에게 찾아오는 행운일까

어둠이 삼킨 심장

고요가 물든 까만 세상
붉은 심장이 깜빡깜빡
어둠의 지배자가 숨을 고르는 시간

눈길조차 오가지 않는 척박한 세상
움직임을 멈춘 허수아비
가을걷이 끝난 넓은 들판
남은 것은 노숙자처럼
남루한 옷 한 벌
뜨거운 햇살 아래 수고는 사라지고
구멍 난 밀짚모자만이
발 아래 덩그러니 놓여있다

이러쿵저러쿵
세상과 단절된 시끄러움
새들이 들려주는 하루의 넋두리
바람이 몰고 온 벅찬 노래
그들만의 언어로 뭐라 말할까

하루를 다 내어주고
어둠이 침식되면
살아있음을 증명하듯
내게 눈을 맞추고
반짝반짝 빛을 내는 허수아비
기다렸다는 듯 한마디 건네본다
이번 계절도 수고 많았다고
다음 계절엔 새로운 심장을 달아줄게

아파트가 숨을 쉰다

어둠에서 깨어난 건물이
시계의 알람 소리에 불을 켠다

돌덩이처럼 무거운 눈꺼풀은
아침이 오지 않기를 기다리지만
삶의 시침이 끌고 나간다

차창 밖으로 무심코 머문 시선이
벽과 벽 사이로 파고드는
아침 햇살과 마주친다
온기 없는 빛이
뿌연 먼지 위로 내려앉는다

오늘을 살기 위한 자동차들이
각오와 다짐을 장착하고
총알처럼 아파트를 빠져나가
도로 위에 늘어져 있다

앙상한 가지 사이로
햇살 맞은 아파트가 숨을 쉰다

얼음꽃

옆지기의 아침 출근길
현관문 안으로 불쑥 들어온 찬바람에
옷소매 사이로 쑥 들어가는 손과
배웅나온 맨발이 시리다

유리창을 사이에 두고
욕망의 늪에 빠져 허우적대는
삶의 조각들을 건져
앙상한 나뭇가지마다 나뭇잎인 듯
손끝이 아리도록 묶어놓고
바람이 불어오길 기다리다가
하나씩 떨어져 나갈 때
비로소 오늘의 욕심을 버린다
유리창에 비친 내 모습은 온데간데없고
뾰족뾰족 가시 돋친 얼음꽃이 피었다

하루를 열어주며
잘 다녀오라는 인사에 두 팔로 감싸준다
얼음꽃이 스르르 온기를 머금고 흐른다

엄마의 노래

전화를 건다
많은 사연이 궁금하지만
묻지 않는다
수화기 너머 들려오는 목소리에
오늘의 고단함이 묻어난다

보따리에서 꺼내 풀어헤친
며칠 전 들었던 맛없는 이야기를
처음 듣는 것처럼 맞장구치며
엄마의 노래를 듣는다
안부를 묻는 순간에도

또 자식 걱정을 앞세운다
잘하고 있으라고

밥 먹었다는 한마디 전하면
수화기를 타고 흘러오는
기분 좋은 소리
어린아이처럼
아이 착해

리허설 없는 무대

검은 막이 열린다
주인공은 아니지만
뜨거운 해를 등에 업고
일인 다역으로 무대에 올라
리허설 없는 오늘을 걷는다

불러주는 사람마다
이름이 다르고
그때마다 역할이 달라도
무엇이든 다 해낸다
가끔은 불을 삼킨 것처럼
속이 시커멓게 타들어 가도
꾹꾹 누르고 달래어
오늘이란 무대를 질주한다

박수갈채를 받지 못해도
다른 이름의 주인공이 된 안개꽃
막이 내리면 무대 뒤에서
홀로 잘 피웠다고
고된 하루를 다독인다

여전히 빛난다

—용계리

소속리산자락에 가려져
해와 달이 늦게 떠오르는 곳
평택 제천 간 고속도로가
고요에 덮인 마을을 떠들썩 흔든다

시시콜콜 전해지는 이야기가
느티나무 둘레만큼 묵직하고
삶의 터전으로 빛나던 깊은 굴은
님과 함께 가슴에 묻히고도
바람의 손짓과 햇살의 입김에
아무렇지도 않게 허허 웃는다

사라진 것은 추억으로
새로운 것은 열정으로
서로 어울려 용계리는 빛난다

웅덩이 속 파문

비가 그치고
보조개처럼 군데군데 생긴 웅덩이에
짓궂은 하늘이 말간 얼굴로
발을 담그고 휘휘 젓는다

허리 꺾인 옥수수가
바람에 매달려 발버둥 치고
검게 탄 수염이 웅덩이에서 씻는다
다시 돌아갈 수 없는 걸 아는 걸까

숨을 틀어쥐고
진흙 속에 덮인 뿌리가
파동을 일으킨다

골목을 돌아나가면

이제는 지나온 만큼 잊어야 앞으로 나간다고
훌훌 턴다
머리에 얹혔던 새참의 무게도
풍선처럼 날아오른다

지금 걸어간다

서두르지 않고
늦추지도 않는다
가는 길 어차피 무량수에 이르지 못할 길
여기 어디쯤일까
친구 등에 올라타던 담벼락을 지나고
나뭇가지로 커다란 원을 그리며
골목을 돌아나가면
마당에서 계절을 재던 바지랑대는
하늘만 쳐다보고
동구 밖 고목은 껍질을 벗고도
털어내지 못하는 어린 시절을 돌려 감고
탱자나무 울타리는 바람에 가시를 빼앗기고 주저앉아 있는
그걸 묻은 기억
이제는 지나온 만큼 잊어야 앞으로 나간다고
훌훌 턴다
머리에 얹혔던 새참의 무게도 풍선처럼 날아오른다

저 멀리서
어린 시절이 어서 가라고 손짓한다
앞은 여전히 훤하게 열려있다

월요병

저편 뭉게뭉게 거리는 사잇길로
바람 이는 하루가 눈을 뜨면서
발가락이 이불과 씨름을 한다

눈은 시간을 쫓아가고
젓가락 사이로 빠져나가는 숨은
초침을 센다
내달리는 발걸음은
돌부리에 걸려 넘어진다

세월을 촘촘한 울타리로 엮어
가두고 싶다

익숙함이 좋다

순간순간 가쁜 호흡으로
뜨거운 햇살에 몸을 담가도
실바람의 간지럼에 꽃잎이 떨어져도
습관처럼 사는 오늘

실수로 인한 어제의 부끄러움은
복습하지 말자 다짐하고
언제 부딪힐지 모르는 내일의 상처는
예습하지 말자 다짐하며
주어진 삶의 테두리 안에서
숙제처럼 사는 오늘

그런 삶이 익어가는 동안
등을 내주고 기댈 수 있는
내 편 하나쯤 있다는 게
왜 이리 좋을까

인생 레시피

콕 집어 말할 수 없지만
어떻게 살아야 잘 사는 건지
무엇을 해야 덜 힘든지
행복을 추구하는 이론은 익숙하다

뭐든 잘할 수는 없지만
삶에서 정해진 방법이 있다면
서랍 속에 꼭꼭 숨겨두었다
필요할 때마다 꺼내쓰면
편하게 살아갈 것이다

보글보글 뚝배기에 삶이 끓고
접시에 담긴 사랑으로
맛깔나게 차려진 밥상은
어머니만의 인생 레시피다

인생은 소풍

비척비척 인생 열차에 무임 승차했다
터널은 커다랗게 입을 벌려
달리는 빛을 잡아 삼키고
그림자로 뱉어내길 반복한다
덜컹거리는 열차에 맡긴 몸은
빈손이지만 무겁다

창밖으로 뒤죽박죽 서성이는
주워 담지 못할 기억의 파편들이
외면할수록 눈동자에 박혀 흐느적거린다
눈감고 모르는 척 옆으로 밀어낸다

시곗바늘 끝에 매달린 삶은
그칠 줄 모르는 거미의 줄타기처럼
잘 재단된 삶을 꿈꾸며 소풍을 간다
햇살은 어떠한 기다림도 허락지 않고
종착역에 도착해
비로소 모든 걸 내려놓는다

자전거 인생

굽이진 오솔길 따라
빠르지도 느리지도 않게
호흡을 가다듬으며
네모난 삶이 나란히 굴러간다

크고 작은 울림들이
시간을 갉아먹고
혹시 잘못된 길로 갈까
조바심에 힘껏 발을 굴러 질주하다가
덜컥 돌부리에 걸려 비틀거린다
뒤돌아보니 흔들린 건
혼자가 아니었다

연습 없이 다가오는 흔들림은
또 다른 질주의 발판이 되고
손 내밀어 주는 이가 있어
오늘도 살아간다

준비운동

자고 일어난 아침
얼굴에 베개 자국이
남아있다

홀로 견디는 시간이 늘어갈수록
그 무엇도 버리지 못해
헛헛한 마음으로
지난 세월을 주워 담는다
돌이켜보면
모든 것이 돌고 돌아
다시 제자리
멈춘 걸음은
다시 걷기 위한 준비운동을 한다

추억

기억이 난다
이 빠진 하루 속에 찾아드는 고독
화려했지만 텅 빈 청춘이 원하는
쓰레기의 미련을 버리지 못해
부끄러웠던 그날들

짧게 스쳐 가는 바람이
한오라기 실타래를
삶의 벤치에 감아놓은 듯
엮인 무게가 버겁다
버드나무에 매달려 춤추는 별이
까만 웅덩이에 머리를 감는다

고이 접어 챙기던 많지 않은 꿈 보따리
이제야 풀어봐도
철 따라 빛바랜 사진처럼 달아버린 추억
까만 허공에 흰 연필로 밑줄 긋는

추억팔이

담배 건조실 처마 끝에서 떨어지는
빗소리가 축축한 날
아버지는 달아오른 아궁이에서
막둥이 먹으라고
감자를 꺼내주셨다
포슬포슬 익어가던 감자가
아버지의 검은 손안에서
가슴 적시는 향내에 젖는다

커다란 가마솥에서 김이 모락모락
뽀글뽀글 김치 수제비가
허공을 젓는다
부뚜막에 쪼그려 앉아
이마에 맺은 땀 소매로 닦으시며
수제비 뜨시던 어머니
입안 가득 메운 그리움이 터져
숨을 몰아쉰다

김치를 볶다가
문득
아버지 어머니의 품에 안겨
얼굴을 묻는다

향에 취해 배가 고프다

벌 나비가 떼를 지어 몰려오던
그날이 지나고
바람이 쉼 없이 간지럽힌다

햇볕에 온몸이 그을린
농부의 손을 부둥켜안고
멍석에 누워 허공을 바라본다

쉬익 툭 쉬익 툭
메마른 도리깨질에 옷을 벗어 던지고
검게 멍든 속살이 비명조차 잊은 채
몸부림치다가 통통 튀어 어느새
주머니에 한 줌 들깨 향이 춤춘다

코끝에 향이 진해질수록
입가에 미소가 번진다
배가 고프다

홍시

나뭇가지를 스치고 내려온 해가
나무에서 떨어진 홍시의 붉은 속살과
흙 위에서 한 몸으로 뒹군다

까치밥이 될까 동동거리다
나비의 긴 빨대에 내준 달큰한 맛
목젖을 타고 흐르는 가을이 춤춘다

흔적

흘러넘친다
집채만 한 물결이 용트림하며
커다란 입을 벌려
살아있는 것들을 집어삼킨다

거부할 수 없는 이치를
어찌 두 팔 벌려 막을 수 있을까
휩쓸리고 넘어져 아픈 상처보다
흔적을 볼 때마다 생기는
가슴앓이가 더 애처롭다

온통 뒤집어 놓고 나 몰라라
얼굴 비치는 햇살이
반갑지만 반갑지 않다

이빨 앞에서

오랫동안 함께 살며
떨어지면 못 살 것 같더니
오십 중반이 되어
너를 보낸다

어린 시절 방문 고리에 매달아 빼내고
까치에게 새것을 갖다 달라고
기원했던 기억

치과 문 앞에서
아파트 꼭대기
지붕을 올려다본다

너의 웃음이

함박꽃 같은 얼굴에
웃음 짓고 눈을 맞춘다
햇살에 반짝이는 물결처럼
작고 동그란 눈
알아들을 수 없는 옹알이
고사리 같은 손을
꼬물꼬물 쥐었다가 편다
앙증맞은 발이
쉼 없이 상모 돌리듯 돌아가고
바람이 톡 건드린 빨간 볼을
따사로운 햇살이 자장가로 달래준다
활짝 핀 함박꽃이다
너의 웃음이

너를 보낸다

거부할 수 없는 강렬한 빛으로 다가와
늘어지는 몸을 주파수에 맞춰 흔들고
셀 수 없는 시간을 함께 달리던
너를 보낸다

가만히 있어도
대나무 숲이 되어주던
너를 보내면서 미소를 보았다면
그건 아마도 보여주고 싶지 않은
슬픔을 감추기 위해서일 것이다
길을 가다가 우연히 지나치는 눈빛이
너일까 한 번 더 돌아본다

누구를 만나도 똑같이 빛나겠지만
나와의 추억보다 연하길 바란다

잠시 안녕

바람과
구름과
햇빛과
간간이 떨어지는 물줄기가
적당히 오가는 거리
사랑이 열기로 시름시름 앓다가
발걸음 사이로 떠난다

어느 날 홀연히
또 다른 빛을 안고 돌아오면
색깔 잘 골랐다고
칭찬할 것이다

살아가는 이유

문창살을 파고드는 바람이
고요한 밤을 두드려
행여 어여쁜 님일까
마당을 서성이다 돌아선
달빛에 그을린 뒷모습이 애처롭다

베갯잇에 얼룩진 그리움을
눈 뜨며 맞이한 오늘
손을 뻗으면 닿을 수 있을까
애절한 발걸음으로 오를 때마다
돌탑 위로 쌓여가는 간절함에
세월이 애가 탄다

어찌하면 좋을까
바람이 묻고 나무가 대답한다
그래도 살아야 한다고

밤마실

어둠은 기다림 속으로 파고들고
잔잔히 흐르는 물결 위로
총총히 내려앉은 별 무리
봄바람은 시간을 부둥켜안고
나뭇가지에 앉아 그네를 탄다

시시콜콜한 이야기로
하루를 쏟아내고
저 멀리 소쩍새 울음소리에
별들이 물결 위로 떨어질 때
긴 바지랑대를 던져
고요를 낚는다

코끝에 스치는 비릿한 바람결이
발걸음 재촉하는 밤에 마실을 나왔다

눈에 보이지 않는

물 위에 떠 있는 오리는
평온해 보이지만
물속에선 쉼 없이 발길질하고
땅속에서 움트는 씨앗은
예쁜 꽃을 피우기 위해 힘껏 뿌리를 내린다

부모가 자식에게 정성을 쏟아
번듯하게 자람에도
보이지 않는 수많은 이유가 있듯
어떤 것도 거저 얻어지는 것은 없다
모든 결과에는
끝없는 관심과 사랑으로
보이지 않는 고통과 노력이
바람처럼 스며든 과정이다
계절을 재촉하는 햇살을 다독거리며
일렁이는 마음도 다독이고 싶다

새로운 날갯짓으로
꿈을 펼친다

증재록(한국문인협회 홍보위원)

跋文

새로운 날갯짓으로 꿈을 펼친다
―길을 연다

증재록(한국문인협회 홍보위원)

1. 아람 번 꿈을 이루다

속리산에서 북으로 치오르는 한남금북정맥 팔 구간쯤 보현 쪽에는 한때 금빛이 휘황하던 금왕의 용계리 마을이 있다. 삼백여 년의 느티나무가 그때 금광의 빛살을 기억하는 자리에 새해 들어 소속리산 봉우리를 넘어 시향이 퍼지고 있다. 김선옥 시인의 시에 대한 사랑이 꿈을 피우며 열정을 달구어서다. 지금을 놓고 출발하면서 지나가는 순간을 항아리에 담아 시의 목소리로 돌려내는 울림은 조용한 미소를 화사한 꽃으로 피운다.

새벽이면 환하게 밝히는 고운 손길이 문을 열고 차를 끓인다. 무한한 꿈의 보라를 눈부시게 칠한다. 저 하늘의 그분을 향한 믿음이 향하는 행복, 시심이 나래를 펼치는 새로운 날갯짓, 마음에 꽃은 만발하면서도 조용하다.

만남은 첫 순간이 중요하다. 인상이란 게 이후를 좌우지하니까, 그와 만남은 싱그러운 웃음으로 눈을 마주쳤고 이내 거리를 좁히며 내디딘 마음의 길에서 일어나는 바람은 심안을 밝히는 시, 웬만한 폭풍우에는 흔들림 없이 사물을 바라보는 사리 판단이 분명해 난꽃을 밝히고 아람 번 미소를 피우며 그 넓이에서 진정의 깊이를 새긴다. 밤을 맞으면 손가락 꼽을 새에 벽을 갠다. 순간 솟아오르는 햇살에 눈이 부시다. 산다는 길은 길이가 아니라 깊이라는 말에 시심이 붉다.

흐름을 알고 오름을 알고 내림을 알아야겠다는 눈짓에, 난 알듯 말듯 나를 새긴다. 이루어질 사랑은 말을 하지 않는 빛깔로 마음을 홀린다. 눈길을 끌어당기는 아름다움에 살짝 휘도는 미소에 꽃이 발그레하다.

2. 꿈은 달다 꿈은 달린다

마음 모아 첫걸음을 내디디는 시심 풀기의 길, 깜장에서 백결의 심중을 본다. 둥근 열정은 꿈을 끓일수록 달다. 아침을 맹세로 다짐하고 내달린다. 꼭 이루리란 기다림은 아니다. 산다는 길에서 때와 땅과 물에 따라 으뜸의 맛을 조리한다. 좋은 약은 쓰다 라는 구절이 있지만 이제 좋은 약은 달아야 한다. 달지 않으면 멀어져 가는 발, 틈을 조이면서 남는 시간으로 깊은 가치를 펼치는 시심이 바람을 가르며 웃는다.

흑과 백의 사이엔 연결 고리가 있다
수많은 빛과 그림자가 결을 따라 긋는 선
변함없는 회색
밝지도 어둡지도 않다
가끔 갈라진 틈으로 쏟아 들어오는 빛살이
그림자 하나 남기지 못하고
소리 없이 잠식된다
여기도 저기도 아닌 무표정하게 머무는 낙서
바람에도 끄떡없고
물에도 희석되지 않는 농도
마음속 울림이 질척하다

아침이 잠을 깨우고
손가락을 내세워 빛을 갈망하는 낙서
세웠다가 쓰러트리고 손을 털면 가벼워
또 다른 낙서로 움켜쥘 수 있는 날
다 얻은 느낌으로 부자가 되는 건
낙서 잘하기
어쩌면 그런 거 아닐까
─「빛으로 그리는 낙서」 전문

고민은 언제나 여기에서 저기, 거기에서 여기를 바라본
다. 아침이면 저녁 한낮이면 밤중 그사이 연결 고리가 빛
을 내고 그림자를 준다. 농촌살이란 자연의 길목을 먼저

재고 그 품에 들어서는 거, 애당초 고백하고 그로부터 승낙을 받은 길, 진실로 마음과 몸 펴기다. 꼭 이루어지지 않아도 이룰 때까지의 땀방울이 부자다. 마음결 하나 바람에도 흔들리지 않고 물결에도 젖어 들지 않는 기다림을 아는 농심, 그게 부자다.

봄은
이름과 어울리는 빛깔을 입고
소리 없이 가슴에 날아든다

봄은
꽃비를 맞으며 보고 싶은 연인처럼
설렘으로 몸을 시리게 한다

봄은
감정을 풀어 자기만의 색으로
허공에 낙서를 한다
—「봄은」 전문

헤어지고 만나는 시공간은 들녘이다. 시계는 계절 따라 몸과 마음을 돌린다. 봄 새로운 탄생 그래서 바쁘다. 보이고 보는 게 모두 탄생이기에 할 일이 많다. 새로운 빛깔이 날아들고 꽃비 따라 설레는 연인이 다가서고 희로

애락이 허공을 울리며 몸과 마음을 들썩인다. 들녘은 가끔 괴로운 옷을 입히기도 하지만 마주쳐오는 계절풍이 또 다른 공간을 그리며 채운다. 바람을 눕히고 직접 키우는 색깔의 봄은 희망이다.

즐비하게 늘어져 있는 불빛 사이로
두 발걸음이 긴 그림자를 만든다
오늘의 고단함을 잊은 채
바람에 등 떠밀려 걷는 박자가
소리를 낸다
뚜벅뚜벅
타박타박
주머니 속 먼지를 털어내듯 툭툭
발끝에 채는 돌멩이에
소소한 하루가 넋두리하고
묻지 않아도 다 안다는 듯
갈대도 바스락거리며 제 몸을 흔든다

물속에 잠긴 달빛마저 고요하다
돌아오는 길목 바람은 여전히 차갑지만
발걸음 소리 가볍고
마주 잡은 손끝은 따스하다
펄럭이는 옷깃에서
밤의 바람 냄새가 묻어난다
―「동행」전문

시는 자기를 들어내면서 더 크고 넓게 울림을 주는 양식, 먼 길을 가려면 함께 가라는 이 속담은 빠른 속도로 살아가는 현세에서 큰 의미를 준다. 먼 길, 큰 꿈, 새로운 도전, 어렵고 험난할수록 둘이 만나 함께 가며 찾아내는 성취와 행복, 생명의 발걸음은 소소한 넋두리가 큰 울림을 주는 거, 길목의 바람이 차가울수록 마주 잡은 손은 따스하다. 시인의 발걸음은 밝은 빛살을 치면서 아람 진 그림자로 길이 남을 것이다.

저녁노을이
바람에 실려 쏟아져 내린 부엌 창 안엔
갓 지어낸 밥 냄새가
행복한 미소로 코끝에 머물고
통통통
도마 위로 마술 부리는 손이 분주하다

창문 틈으로 비집고 들어온 바람에
얼굴이 시리다
지난가을
아직 거두어들이지 못한
허수아비의 옷깃이
바람에 흐느적거리며
노을빛에 젖는다

어둠 따라 서서히 잠드는 노을빛이
부엌 창에 비추어진 얼굴로 스며든다
분주한 부엌으로 고요히 잠긴다
ㅡ「부엌창에 잠긴 노을」전문

들녘이 펼쳐지고 농작물의 방향 따라 땀방울 맺은 붉은 얼굴의 미소, 해거름에 맞춰 발걸음을 돌려 저녁상을 차리는 손길, 분주한 농촌의 하루의 일상이 영화처럼 펼쳐진다. 부지런하게 순간을 놀라게 하는 마술 같다. 정확하게 돌아가는 시침을 어떻게 늘이고 무엇으로 줄이면서 어울려 가는지 그 손길이 아름답다. 노을이 사라질 줄 모르고 부엌으로 잠겨 들면서 새로운 신비의 세상이 푸근하다.

서두르지 않고
늦추지도 않는다
가는 길 어차피 무량수에 이르지 못할 길
여기 어디쯤일까
친구 등에 올라타던 담벼락을 지나고
나뭇가지로 커다란 원을 그리며
골목을 돌아나가면
마당에서 계절을 재던 바지랑대는

하늘만 쳐다보고
동구 밖 고목은 껍질을 벗고도
털어내지 못하는 어린 시절을 돌려 감고
탱자나무 울타리는 바람에 가시를 빼앗기고 주저앉아 있는
그걸 묻은 기억
이제는 지나온 만큼 잊어야 앞으로 나간다고
훌훌 턴다
머리에 얹혔던 새참의 무게도 풍선처럼 날아오른다

저 멀리서
어린 시절이 어서 가라고 손짓한다
앞은 여전히 훤하게 열려있다
ㅡ「지금 걸어간다」 전문

　여기는 어디? 저기는 뭣 하는 곳인지 따지지 않는다. 모두 살아가는 아름다운 터니까, 털어내지 못하는 동심이란 순수해서다. 삶의 이치가 배어있는 농촌, 순리를 몸에 익혀 큰 욕심은 없다. 함께 사는 거, 살리고 먹고 오늘을 맞는 거, 길목은 모두 아름다워 사방이 산으로 둘러싸인 골짝은 침묵인 듯 숨소리 여유롭다. 계절마다 그에 맞는 춤사위가 술렁거리고 자연에 맞춰나가는 섬세한 듣기와 예민한 감각이 건강이다.

3. 꿈은 빛난다

고요한 부용산의 줄기를 타고 태어난 김선옥 시인은 그의 일상과 시상이 함축된 시명 '난아'라고 부른다. 난 아람 진 세상을 돌아 아름다움을 가꾸며, 난 아름드리 수가 많고 껴안을 일과 익혀야 할 일이 많아, 난 그걸 다 알고 있다며 짓는 미소, 그만큼 내다보는 혜안이 깊은 시인. 그거 알아? 난 다 안다. 그때의 그 속을 미리 내다본다. 뜨거움이 스며들고 그만큼 달리고 또 올라서서 펼치는 열기는 사방으로 뻗친다. 난 이제 어디서 무엇을 어떻게 왜 하는가를 세운다.

슬기와 신중을 구슬처럼 빛내며 착하게 품고 시가 주는 행복을 소망한다. 삶의 이치란 동글게 살아 온갖 풍경을 담는 것, 수평에서 수직으로 오르는 줄기 따라 피운 꽃은 순수하고 꽃잎은 활활 보라로 펼친다. 순발력으로 나선 앞에서 뒤를 돌아보며 질곡을 헤치는 흙의 소리를 새긴다. 맥고자를 쓰고 잠방이에 호미를 들고 흙을 간다, 땀방울이 둥근 것은 땅속을 보고서다. 밤의 어둠과 낮의 빛 사이 색깔은 고독을 떠올린다. 벗어날 수 없는 운명을 새기면 씨로부터 열매까지 피고 맺는 사이가 부푼 희망이다. 사이와 사이에는 밤이 들어서고 별이 뜬다. 빛살이 쏟아지는 별과 별의 은하수를 바라보며 날개 펴고 오른다. 내다봐도 돌아봐도 들판이다. 밭을 질척하게 가꾸는 땀, 기다림과 가버리는 사이에서 잔잔한 들녘의 바람을 맞는

다. 익어가는 열매가 총총 빛나 넉넉한 여백을 푸르게 가
꾸는 숨결이 오늘의 빛나는 꿈이고 행복이다.

길을 연다

난아 김선옥 지음

발행처   도서출판 **청어**
발행인   이영철
영업   이동호
홍보   천성래
기획   육재섭
편집   이설빈
디자인   이수빈 | 구유림
제작이사 공병한
인쇄   두리터

등록   1999년 5월 3일
          (제321-3210000251001999000063호)

1판 1쇄 발행 2025년 5월 30일

주소   서울특별시 서초구 남부순환로 364길 8—15 동일빌딩 2층
대표전화 02-586-0477
팩시밀리 0303-0942-0478
홈페이지 www.chungeobook.com
E-mail   ppi20@hanmail.net

ISBN   979-11-6855-338-5(03810)

충청북도   충북문화재단
이 책은 충청북도, 충북문화재단의 후원을 받아
예술창작활동지원사업의 일환으로 발간되었습니다.